Cyngor **Sir Gâr**
Carmarthenshire

cyfieithiad gan
Llinos Roberts

i Simon Glyndwr John

cydnabyddiaethau
DIOLCH O GALON i

Andrea Blake
Barbara Davis Youssefi
Di Schonhut
Donna Linse
Sherry Owen
Doris Lee

Squiggles Press
Cyhoeddwyd yn gyntaf

DIAL Y LLYSIAU

REVENGE OF THE VEGETABLES

LYNN BLAKE JOHN

Roedd yn gas gan Guto lysiau. Roedd yn casau pob un ohonyn nhw. Ond roedd mam yn mynnu ei fod yn aros wrth y bwrdd nes iddo glirio'i blat.

Guto hated vegetables. He hated them all. But Mum said he couldn't leave the table until he finished all of his vegetables.

Felly, pan nad oedd unrhyw un yn edrych, sleifiai i'r gegin a thaflu ei lysiau i'r bin.

So when no one was looking, he sneaked his plate off the table and threw his vegetables into the rubbish bin.

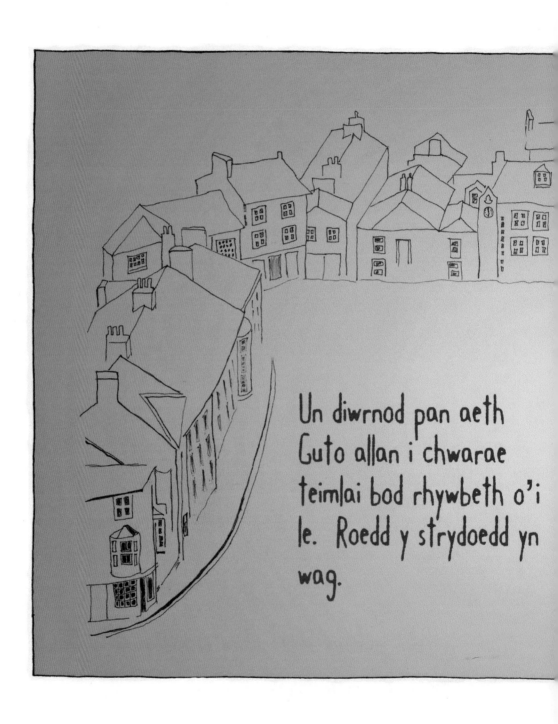

Un diwrnod pan aeth Guto allan i chwarae teimlai bod rhywbeth o'i le. Roedd y strydoedd yn wag.

When Guto went out to play, something was strange. No one was outside.

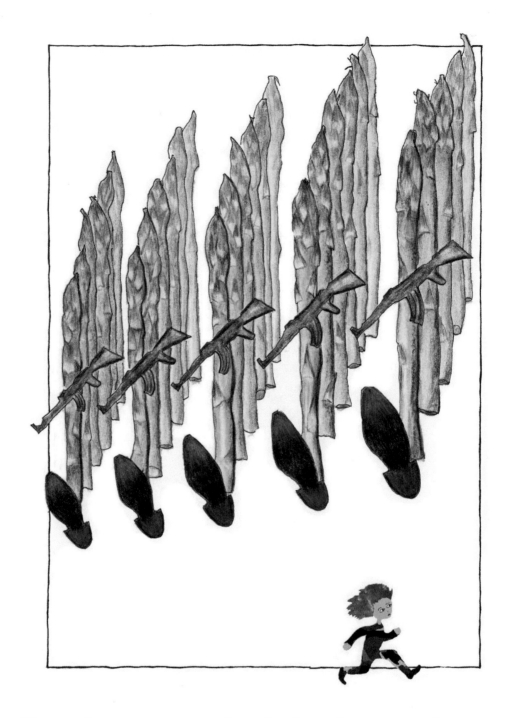

Yn sydyn, o'r tywyllwch daeth gorymdaith o fyddin asbaragws.

Suddenlly, out of the quiet, an army of asparagus soldiers marched up the street.

A chyn iddo gael cyfle i ddianc cafodd Guto
ei saethu drwy'r awyr gan ganon ciwcymbr.

And before he knew it, a cucumber cannon shot Guto through the air.

Ceisiodd ddianc ond cafodd ei sugno gan bupur coch.

Guto fell straight into the path of a red pepper that tried to Hoover him up.

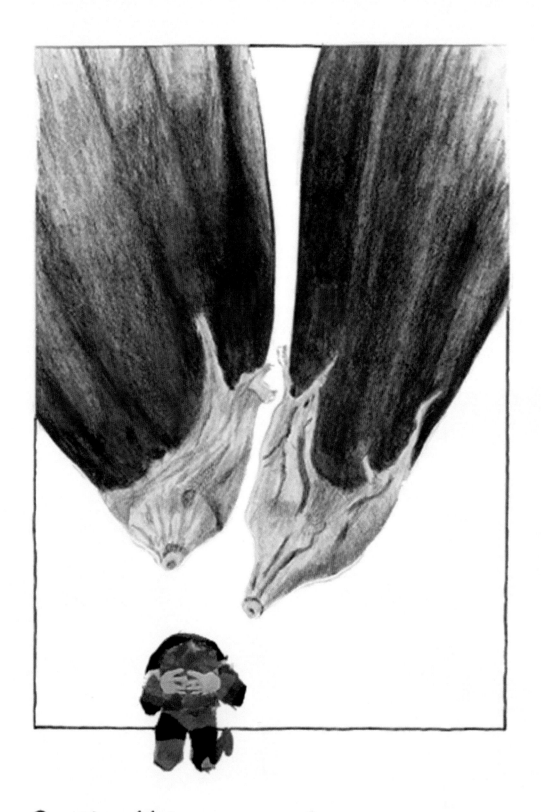

Syrthiodd bomiau wylysiau o'r awyr.

Aubergine bombs came down from the sky.

Yna cafodd Guto ei ddal mewn trap ffa.

And then some beans caught Guto in a trap.

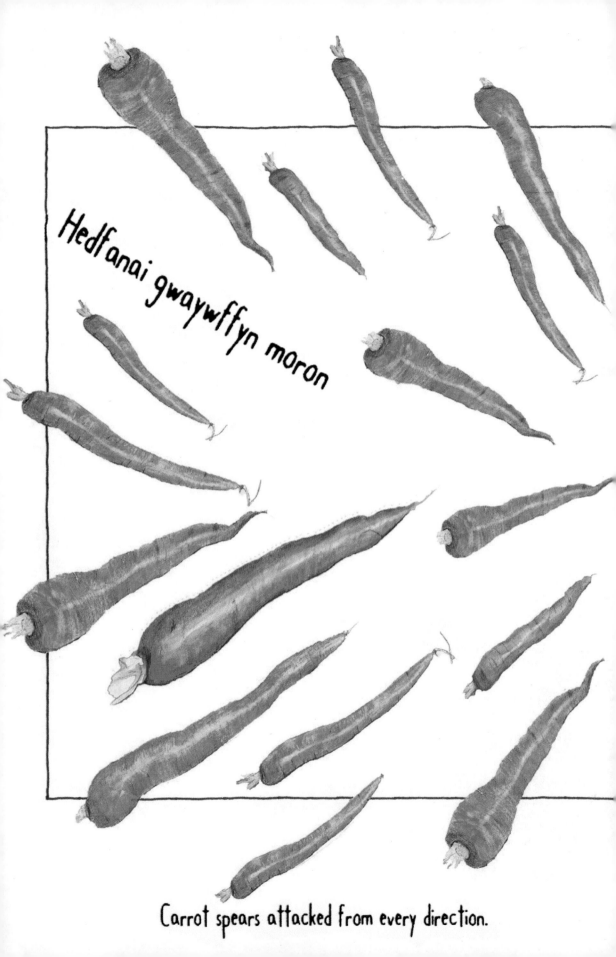

Hedfanai gwaywffyn moron

Carrot spears attacked from every direction.

o bob cyfeiriad.

Cafodd ei fygu gan goden india corn.

Sweetcorn smothered Guto in its husk.

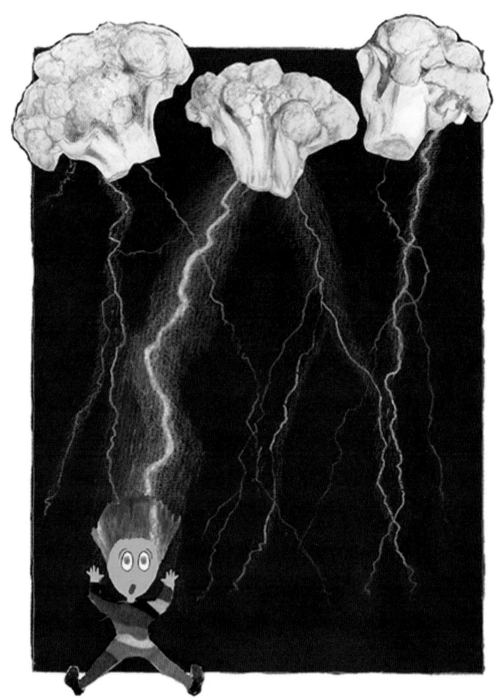

Daeth mellt a tharanau o gymylau stormus blodfresych.

Cauliflower clouds brought thunder and lightning.

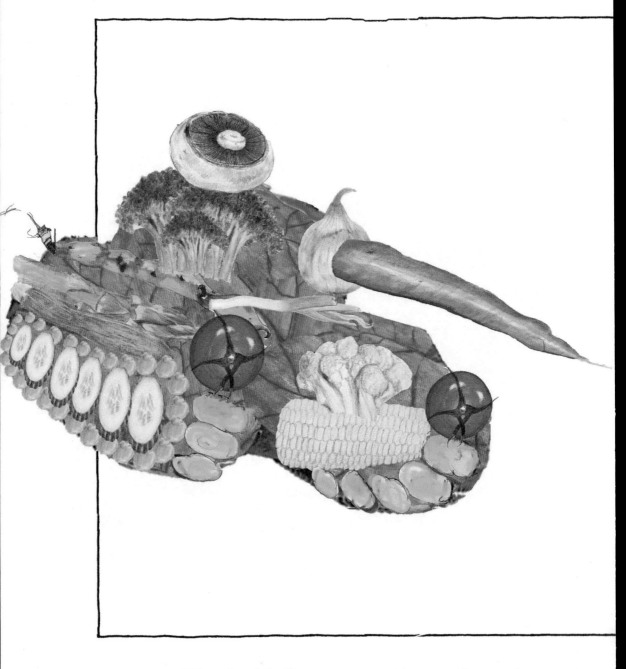

Rhedodd Guto nerth ei draed wrth i
danc llysiau ymlwybro tuag ato.

Then a tank made of all the vegetables rumbled after Guto.

Ceisiodd Guto ddianc trwy ddringo mynydd Tryfan. Byddai'r tanc yn methu ei ddilyn meddyliodd. Ond roedd y llethrau yn rhy serth a bu bron iddo lithro. Trwy lwc daeth tomato i'w achub a thaflu rhaff i'w ddal.

Guto tried to escape by running up a mountain. But the mountain was so steep that Guto almost fell off. Just in the nick of time a cherry tomato threw down a rope for Guto.

Cyrhaeddodd Guto gopa Tryfan, a gyda hynny neidiodd y tomato oedd wedi ei achub i'w law. Edrychai'n flasus tu hwnt. Cymerodd frathiad. Hwn oedd y peth mwyaf blasus i Guto erioed flasu.

When Guto climbed to the top of the mountain, the cherry tomato that saved him jumped right into Guto's hand. It looked good enough to eat. Guto took a bite. It was the most delicious thing he had ever tasted.

Y diwrnod canlynol
a hithau'n amser
swper . . .

The next day when Guto and his family sat down
to dinner . . . he ate his vegetables straight away.

. . . bwytaodd Guto
ei lysiau yn syth.

Mae Guto wrth ei fodd yn garddio
a gwylio'r llysiau yn tyfu. Mae wrth
ei fodd gyda llysiau. Pob un ohonyn
nhw.

Guto likes working in the garden and watching the vegetables grow. Guto loves vegetables. He loves them all.

9658916R00020

Printed in Great Britain
by Amazon.co.uk, Ltd.,
Marston Gate.